KB023650

처음부터 끝까지

다 카포 알 피네

이도형 지음

디자인이음

da capo al fine

악보의 처음으로 돌아가 연주하고 마침표fine에서 멈추라는 뜻.

시인의 말

고요 그 다음,

우리를 다녀간 계절들과
지금 불어오는 음악

파도가 발가락 사이로 차오르듯이

차례

1부

창세기 · · · 10
다 카포 알 피네 · · · 12
전주곡 · · · 16
무한선율 · · · 18
탑승 후 · · · 26
심야 버스 · · · 28
샹들리에 · · · 30
아름다움이란 미미한 순간 · · · 34
프리지아를 품고 다가갈게요 · · · 36
레치타티보 · · · 38
황금 심장을 찾아서 · · · 40
두 音 법칙 · · · 44
템포 프리모tempo primo, 본래의 빠르기로 · · · 46
노래의 날개 위에 · · · 50
적색 음악 · · · 52
별과 노을의 주제가 · · · 54
자명종처럼 · · · 57
콜라 보체colla voce, 목소리를 따라서 · · · 58

2부

레토Leto · 62
메조 피아노mezzo piano, 조금 약하게 - 선운사를 변주하여 · · 64
백아절현 · 65
낮은음 · 66
하르방 · 69
자장가 · 70
야夜한 도시의 광光시곡 · · · · · · · · · · · · · · · 73
어느 사형수의 아리아 · · · · · · · · · · · · · · · 74
어스름들1 · · · · · · · · · · · · · · · · · · · 76
어스름들2 · · · · · · · · · · · · · · · · · · · 77
아다지오adagio, 느리게 · · · · · · · · · · · · · · 78
트랙리스트 - 되감기 · · · · · · · · · · · · · · · 79
어떤 파도의 끝과 어떤 바위의 틈 · · · · · · · · · · 80
청색 음악 · · · · · · · · · · · · · · · · · · · 82
우기의 한가운데 · · · · · · · · · · · · · · · · · 85
흑백 영화 · · · · · · · · · · · · · · · · · · · 86
이 사랑을 끝낼 때 더 이상의 노래는 없으리라 · · · · 88
앙코르 · 92
유서를 쓰는 아침 · · · · · · · · · · · · · · · · 96
유서를 읽는 밤 · · · · · · · · · · · · · · · · · 97
스미누엔도sminuendo, 점점 여리게 꺼져가듯이 · · · · 99

3부

연주자에게 - 음악의 동쪽에서 밝아오는 아침에 · · · · · 102
번지 없는 주막 · 112
시월 · 119
보낸 이, 몽마르뜨 언덕의 아멜리에가 · · · · · · · · · 120
모르모란도mormorando, 속삭이듯이 · · · · · · · · · · 122
표정을 접어두다 · 124
상록수 - 서있음에 관하여 · · · · · · · · · · · · · · · 125
아리랑 고개 넘어가오 · · · · · · · · · · · · · · · · · 126
백색 음악 · 128
서릿발처럼 뿌득뿌득 지구를 밀어 올리며 · · · · · · · · 130
1월 · 133
집으로 돌아오다 · 134
오케스트라 · 138
혜화동6 · 139
조나단 라슨을 위하여 · · · · · · · · · · · · · · · · · 140
비블리오 클래식 까페 · · · · · · · · · · · · · · · · · 144
입춘 · 150
하나의 노래를 기억해 · · · · · · · · · · · · · · · · · 152
안단테 아름답게, 걸음걸이의 속도로 · · · · · · · · · · 154
환상, 세계 · 159
에필로그 · 161

1부

우리가 부른 노래는 끝이 나도
우리가 만든 이야기는 끝나지 않고

창세기

첫 목소리를 들었지

(세상은 이렇게나 매혹적이구나)

터져 나오는 울음

너는 우는 존재로 태어나서 내 것 아닌 음성들을 듣고 그 음성들을 따라갈 것이니 네가 나의 언어를 까맣게 잊고 사람의 언어로 말하고 내 목소리를 완전히 지울 때 비로소 너는 웃을 수 있을 것이고 비로소 나는 해방될 것이다

두근두근 심장이 뛰었고
작은 손으로
당신의 얼굴을 당신의 가슴을

이 말이 하고 싶었어요

당신이 나를 살게 했나요?

당신은 미소 지을 뿐

너는 저 미소를 영영 잊을 것이다 네가 사람의 모든 목소리를 배우고 난 뒤 해방된 나를 찾아와 침묵할 때 나는 저 미소를 네게 선물할 것이다

다 카포 알 피네da capo al fine*, 처음부터 끝까지

때로는 공허하고 때로는 아늑한
침묵과 눈시울의 연못이
장맛비 내리듯 하염없이 차오르다가
어느 순간 온 아래로
둑이 터지며 흘러넘친다

동시에 몇천 광년을 깜박이며 날아온 소행성이
마침내 도달해 지구에 부딪히고
언어가 뜨겁게 타오르며 열린 창문으로 들어와
가난한 시인의 가슴과 충돌한다

별이 최초이자 최후의 일격을 목숨과 맞바꿀 때

건반을 두들기던 손이 잠시 멈추면
어떤 관객은 잠깐 숨을 쉬겠으며
누군가는 마지막을 착각하고 이별하겠지만

연주자는 악보를 거슬러 올라 다시 연주를 한다

빠르게 되감기는 일필휘지의 붓
경經으로 읽었던 편지들이 쓰이기 전으로
계절은 세탁기 돌듯이 돌아가고
옥상에 넌 속옷들은 마르던 속도로 젖는다

느티나무 아래 소녀는 막 훌라후프를 돌리려 한다
그 그늘이 지기까지 비가 얼마나 내렸으며
해는 어떤 풍경들을 지나왔을까

육지의 기억을 챙겨 배로 오르는 선원의 발소리와
잘 다녀와요 먼저 출근하는 이에게 하는 입맞춤
그래 오늘은 그 소리가 유독 아름다워

* 다 카포da capo가 있는 곳에서 악보의 처음으로 돌아가 연주하고 마침표fine에서 멈추라는 뜻.

우리가 만날 수 있을 거 같은 예감이 들어

명령 없는 연서가 화사하게 피어 배달되고
온갖 날개 달린 생명들이 껍질을 벗고 나온다

오로라가 극지로 당도하는 순간
두 얼굴이 가까워지다가 눈을 질끈 감는 순간
숲속의 족장이 아이들을 모은다

이제껏 들려준 얘기는 잊어버려도 괜찮단다
자 다 함께 반짝이는 노래를 부르자

우리가 부른 노래는 끝이 나도
우리가 만든 이야기는 끝나지 않을 거란다

전주곡

『장자』에 등장하는 붕鵬은 그 길이가 몇천 리인지 짐작할 수 없는 새다. 붕이 힘차게 날갯짓할 때 일어나는 파도는 삼천 리 바깥까지 다다른다. 그렇다면 붕의 날개에서부터 삼천 리를 지나 소멸할 때까지 얼마나 긴 시간을 파도는 일렁이는 것일까. 파도가 번지는 동안 나는 삼천 리 바깥의 벼랑에서 크레센도로 점진적으로 다가오는 소리를 예의주시한다. 그 선율에 점차 사로잡히면서 나는 절실하게 춤추는 바위가 된다. 침묵할 수 없는 한숨이 된다. 수평선 근처에서 파도는 반짝이기도 하는데, 지구에서 보는 햇빛은 해에서 출발한 지 약 8분이 지나 도착한 빛이라 한다. 만약 우리 행성과 태양이 동시에 생겨났더라면 파도 소리 역시 약 8분 동안 행성의 모든 숨소리들과 함께 완벽한 어둠 속에서 연주되었을 것이다. 불 꺼진 거대한 극장을 떠올리며 나는 파도를 기다린다. 파도가 내가 선 벼랑으로 마침내 부딪힐 때 붕은 어디까지 날

아갔을까. 붕이 도착한 마디는 마침표가 찍혀있을까. 도돌이표가 있어서 돌아가야만 할까. 날개가 일으킨 바람들은 전부 누구의 파도를 일렁이게 했으며. 새에겐 한 쌍의 날개가 있는데 그 말인즉 파도가 양방향으로 쳤다는 의미다. 그렇다면 나와 육천 리 떨어진 반대편 절벽에서 파도를 듣는 이가 있다는 것이다. 내게서 데크레센도로 줄어드는 세상이 누군가에게는 이제 막 발아하는 씨앗이다. 그 발화의 문장을 나는 멀리서 다가와 부서지는 파도에 흘려보낸다. 물비늘이 반짝이고 빛나는 건 모두 8분 전의 별이다. 그 동안의 쉼표. 그 동안의 대기 자세. 물고기는 해저에서 이 모든 이야기를 지느러미로 기록한다. 파도가 절벽을 껴안으며 무너지는 찰나, 물고기가 기록한 이야기도 물거품으로 사라진다.

무한선율

이 악기가 다다를 수 있는 음계는 유한하다

*

궤도를 가진 천체들은 공전하는 음악이다
예를 들어 우리는 1년의 음악을 살고 있다
반복하면서

*

바그너는 음악이 시와 결합해야 완전해진다고 말한 적 있다. 바그너는 『트리스탄과 이졸데』의 신화를 작품화 하면서 '뮤지크드라마Musikdrama'라는 장르를 창시한다. 바그너는 새로운 형식을 통해 음악과 연극 두 장르의 통일을 시도한다. 그것은 드라마를 구축하는 데 있어서 연극적 요소로는 극의 외면을 그리게 하고,

오케스트라 음악을 통해서는 인물의 내면을 그리는 방식이었다. 기존의 오페라가 노래 즉 성악 선율을 중심으로 삼았던 것에 반해 바그너는 주인공의 내적 상태를 오케스트라 연주로 표현했다. 동시에 각종 무대장치들과 작품의 내러티브가 긴밀하게 결합된 총체예술을 지향했다. 이 때 음악이 처음부터 끝까지 끊이지 않는 무한선율로 흐른다. 또한 특정 인물이나 사물 또는 상황을 나타내며 그 인물이 등장하거나 특정 상황이 벌어질 때마다 반복적으로 연주되는 유도동기Leitmotif가 사용된다.

*

계단을 올라가거나 내려가거나 한 방향으로만 갈 때 계단의 실재는 은폐된다. 계단을 올라가기를 그만두고 내려오거나 내려가다가 다시 올라갈 때 계단은 비로소 진행의 의미를 잃게 된다. 그렇게 계단은 긴장감을 획득한다. 난 돌계단에 주저앉아버렸다.

*

내가 당신의 모든 말과 모든 표정
그 아래를 읽을 수 있었다면
우리는 좀 더 빨리 슬퍼졌을 것이다

무지를 어느 정도 감내한 코드의 진행으로
비로소 한 악장을 완성할 수 있었다

*

되감기를 누른다

지금의 신화가 그저 저잣거리 소문이나 다름없었을 때
그때는 어떤 신화가 있었을까?

*

자궁 안에서 들었던 소리를
우리는 태어나 다시 듣는다

*

해결하지 않고 연결되는 화성
불협화음의 기이한 행렬

이 무한선율의 세계에서는 멈추지 않고 눈이 내린다
눈이 녹아서 흐르고 증발하여 다시 눈이 되어 내린다

*

과연 두 사건 사이에 **본질적인 관계**란 것이
존재할 수 있는가?

이 질문은 악보에서 이렇게 나타난다
과연 두 음 사이에 **본질적인 관계**란 것이
존재할 수 있는가?

하루와 하루의 사이에 **본질적인 관계**가 없다면
우리는 도대체 어떤 진행을 따라서
내일을 연주해야 한단 말인가?

*

침묵

*

쉼표 또한 하나의 연주다
따라서 이 무한선율은 끊긴 것이 아니다

*

하나의 선율이 그어진다 소리가 존재한다고 허공이 깨어지는 걸까 대답할 수 없는 일이다 다시 하나의 선율이 다가온다 병진행할 수도 있고 불협화음이 될 수도 있는 눈을 세게 감았다 뜨면 보이는 어지러움 그 어지러움은 단순한 이야기인가 신화의 전조인가 반주자는 어디서 나타난 것일까 내가 부르지 않은 이름들이 극에 등장한다 그들은 들어본 적이 있는 목소리로 말을 건다 껍질 속에서 부화하기 전에 들었던 소리다 하지만 사실 나는 그때도 지금도 무슨 소리를 듣는 건지 모른다 그렇다면 지금까지 흐른 음악들은 어디서 온 걸까 우리에게 귀 말고도 다른 보이지 않는 구멍이 있어서 그 구멍으로 세계가 쏟아져버린 것일까 알 수 없다 다음 쉼표는 어디에 있을까 누가 다음 음을 연주할까 음악과 함께 우리는 어디로 가는 걸까 이렇게 계속되는 무엇이

탑승 후

기차가 레일을 가르는 소리

물고기가 수면 위로 뛰어올랐다 아래로 추락하듯이

열차가 레일과 대지 위로 돌출했다가

다시 땅 속으로 잠기는 소리

돌출음과 저음

선로의 주제와 승객의 변주

밤에 박힌 못들을 하나씩 만져보며

스치며 번지는 빛들을 긁어모으며

더욱 깊이 혹은 아주 바깥으로

심야 버스

난 지금 밤을 정 가운데로 가로지르며
선을 그려보는 중이야
손바닥에, 별의 행로에, 우리 사이 놓인 심연에
깜박거리는 불빛들이 꿈처럼 나를 흔들고
어둠 속 오아시스가 찰랑이는 소리가 들려
네가 나의 벼랑을 모르고
위험하게 질주하며 부서지는 마음도 보이네
흑과 백 흑과 백 다시
모자이크된 세상의 조각들 멀리까지도
선을 긋는다는 건
악한 마음을 막기 위해 일어나는 것
그건 위악과 위선의 교미일지도 몰라
어쩜 이렇게 속처럼 깊은 밤을
우리는 아무것도 제대로 알지 못하면서
무턱대고 넘고 있을까
선을 그리면 그 선을 따라오는

노래가 있을까 별빛이 있을까

목소리가 나올까 눈물이 나올까

모르겠어 정말

밤과 부딪히며 질주하는 피부에

어떤 흉터가 무늬처럼 남아

그 선을 이어 별자리라 부르며 운명을 돌볼까

샹들리에*

공중에 거꾸로 매달려 있어
빛을 뿌리며 흔들리며 춤추며

절벽의 허공에서
희박한 공기와 아찔한 높이

당신은 이것이 내 형벌이라 했지
난 그저 깜박거릴 수밖에

눈을 감기도 하고 닿기 위하여
뛰어올랐다 가라앉기도 했지

모여서 춤을 추는 마스크들
그들과 함께 흔들릴 수밖에
즐거운 척할 수밖에

줄을 탄 거야 이번 생은

계단을 내려오는 저택의 주인과
고개를 조아리는 춤꾼들을 봐

난 그저 댄스홀을 비출 뿐이야
당신은 왔다 가고 또 다른 사람들이
손을 잡았다 놓고

내가 거꾸로 매달려 눈물처럼 빛을 흘리는 동안
당신은 계속 취하며 즐겨도 좋아

* sia의 노래 〈Chandelier〉. 난 샹들리에에 매달려 흔들리겠어. 그네를 타듯이. 시계추에 매달리듯이. 파도를 타듯이. 파티에 찾아온 아이들아 내일 아침까지 잔을 놓지 마. 정신을 놓지 마. 거울을 보지 마. 불빛 아래 아른거리는 당신이 신기루라고 생각하지 않아. 신기루는 취하지 않은 자들이나 찾는 거야. 난 지금 춤을 추고 있고 춤추는 동안 흔들리겠어. 내 옆에서 같이 춤을 춰.

하지만 언젠가 유성우처럼 추락하며
한껏 꾸민 머리들 위로 부서져 내릴 때

어둠은 자리를 되찾고 최고로 멋진 춤을 출 거야
과연 우리가 그 손을 잡고 왈츠를 출 수 있을까

비틀거리는 표정들과 비틀어진 시간을 봐
언제까지 꿈꿀지는 모르겠지만

오늘 밤은 잔에 술을 가득 따라줘
오늘 밤은 내게 불을 붙여줘

아름다움이란 미미한 순간

아름다운 것과 아름다움은 달라
추하다는 것과 추함은 달라
영원하다는 것과 영원함은 달라
순간적인 것과 매 순간은 다 달라

눈이 마주친 찰나
모든 감각은 멈췄어
돌과 물이 흐르는 방 안
작은 창문을 열었어
두 쪽의 날개로 꿈속을 날게
품속의 만개한 꽃은 더 밝게
우주에서도 제일 깊은 곳에
심장이 있다면 그곳을 찾게

궁금한 점이 넘쳐나고 답답함은 번져가고
무엇보다 네가 눈을 감으며 했던 질문이

쉼 없이 절벽으로 흘러 일렁이는 파도를 만들고
그날들 참 많은 긴 밤을 지새우게 했지

어떤 날에는 우연하게 마주치기도 했어
빛이 났지 마치 세상과는 상관없다는 듯
그런 너를 봤지 별똥별처럼 가끔
가슴에 떨어져 소원을 들어주기도 했어

그 매 순간 어떻게든 다가가려 현관을 열면
그때마다 조금씩 마당을 적시는 가랑비가 되어
시나브로 젖어든 목소리를 기억하지
함께 걷고 싶은 마음이 스민 계절들도

어찌해서 같을 수가 있을까
완성하지 못한 모든 문장은

프리지아를 품고 다가갈게요

악기를 메고 다니는 고독이 제자리를 찾은 듯
굴곡진 신체의 굴곡진 역사를 연주한다
그 음정을 되뇌다 보면 비가 내리는데
마지막 봄인 듯 불현듯 공명하는 눈시울

하지만 우리는 모두 이렇게 흔들리는 심장을 구형받았으니
시력詩力을 점점 잃어버려 흐릿해지는 세계를
프리지아 꽃잎을 엮은 손수건으로 닦아줄게
더 이상 외롭게 스스로 감싸고 있지 않아도 돼
내가 너를 음악처럼 안아줄게

가만히 있지 않아도 되니 음표처럼 춤을 추자

인간이 만든 모든 것들이 스러지고
가장 오래된 경經마저 잊혀갈지라도

이 노란 꽃의 향기로 쓴 악보는 봄빛과 함께 돌아올 테니

누더기 심장을 꿰매줄 연주를 같이 들어요

레치타티보*

내가 쓰는 일기를 연주할 수 있는 사람이 나타낼 때까지 나는 이 음악을 계속 써야만 합니다. 음악은 어디까지 갈 수 있나요. 말은 어디까지 갈 수 있나요. 당신은 어디까지 갈 수 있나요. 내 일기는 나와 세계의 어디까지를 기록하나요. 어디까지 보이나요. 어디까지 들리나요. 언제부터 연주를 시작할 수 있나요. 언제부터 쉼표를 쉴 수 있나요. 이 풍경은 높은음자리입니까. 낮은음자리입니까. 꾸밈음을 허용합니까. 나는 모르는 것 투성입니다. 이번 생은 연주 지시어를 이해하지 못하겠습니다. 박자를 맞추지 못하겠습니다. 악보를 잘못 읽었다면 연주를 멈춰야 합니까. 처음으로 돌아가야 합니까. 아니면 틀린 대로 일기를 계속 써야 합니까. 악보의 첫 표지에 쓴 이야기들은 이 곡의 주제인가요. 아니면 전주일 뿐인가요. 가사를 외울 수 있겠습니까. 외울 수 있는 말은 없지만 외울 수 있는 소리는 있어요. 그렇다면 그 소리를 악보에 다시 옮겨

줄 수 있겠습니까. 하지만 악보 쓰는 법을 모르는걸요. 그렇다면 악보도 일기도 전부 소용없는 일입니까. 우리가 지금 쓰고 있는 음은 대체 무슨 이야기인가요.

* 레치타티보recitativo. 오페라 등에서 선율이 확실한 아리아에 비해서는 멜로디가 약하나 대사 전달에 좀 더 중점을 두고 부르는 창법.

황금 심장을 찾아서

기타를 따라 목소리를 따라
구름을 따라 빗방울의 행로를 따라
가다 보면 가다 보면 가다 보면

삭막한 고아의 세계
별이 빛나는 사슴의 고향

뿔이 있을까요
뿌리가 있을까요

오아시스를 찾았는가 마천루를 보았는가

황금을 갖고 싶어요
내 심장이 그렇게 말하는 건 아니지만

그렇다면 네게 황금 심장을 줄게

갈대 속에서 나타난 판이 노래하고

참을 수 없는 웃음
참을 수 없는 죽음

불길을 따라 폭격을 따라
사랑을 따라 식당을 따라
가다 보면 가다 보면 가다 보면

젖과 꿀이 흐르는 극락
불타는 나무들 사이로
아이들은 뛰어다니고

그 소문을 들었어?
아직도 그렇다는 소문?
응 아직도……

그건 새빨간 거짓말이야

여기 황금 심장이 있는데 말이야

*Neil Young 의 〈Heart Of Gold〉를 변주하여.

두 音 법칙

이 도시의 악보는 너와 나 두 音 뿐
다른 音은 없다
그렇게 도돌이표로 너에 결착

꿈과 현실이 맞물리는 아침
오늘도 눈을 뜨면
크레센도처럼 외로움은 입을 벌리고
이 기호의 시작처럼 고향은 멀어 보이지

덕지덕지 붙은 환멸을 털어내면서도
모르지 왜 여기뿐인지를
내 소리는 더 남쪽의 것이거나
혹은 더 과거의 것인데
모르지 왜 여기를 떠돌고자 하는지를

역방향 좌석 같아

전부 거꾸로 날아가 버리면서도
자꾸만 목적지에 다다른다는 건

되감기 해도 들리겠지
변주를 해도 원곡은 너만의 것이듯

너와 나 둘의 이진법으로
매트릭스를 그리고 악보를 마친다

템포 프리모tempo primo, 본래의 빠르기로

우리가 만나기 이전으로 돌아간다면

전등을 끄기 전으로
풍경이 물들기 전으로

네 손가락의 건반 위에
내 손가락이 겹치기 전으로

*

이륙하기 전 세계의 중력을
완전히 벗어나 솟구치는
날개

태초에 중력이 있었다. 태초의 중력은 날개가 있었다. 중력의 날개는 다른 중력의 날개를 찾아 우주를

비행했다. 검은 우주에 소나기가 내렸다. 유성우가 쏟아졌다. 그렇게 음악이 시작되었다. 빛과 어둠의 악보가 기록되며 마침내 중력은 중력을 만났다. 날개는 멈췄다. 입술과 입술이 겹치며. 가슴과 가슴이 부딪히며. 희망과 욕망과 무지와 미래의 무게가 합쳐지고. 음악은 고조되고. 자전축이 흔들렸다. 공전의 궤도를 벗어나기 시작했다. 그러자 날개가 꺾이기 시작했다. 바람은 거세졌다. 파고가 높아졌다. 어쩔 수 없이 빨려들어간다. 미지 속으로. 빠르게. 더욱 빠르게. 시간이 훌쩍 흘렀다. 수백 수천 광년을 지나와. 지금 내게 남은 중력은 이 행성에서 날갯짓을 멈췄다. 음악은 칠월 칠석 즈음에서야 들릴 듯 말듯하다. 희미하게 남은 당신의 중력을 기억한다. 지금 당신은 어느 행성에서.

*

원래 그랬던 건 원래 그랬어 다만
원래 우리는 그렇게 되지 않을 운명이었고

세계의 처음과 처음의 세계를 비교해 보면
세계의 처음에는 우리가 없었고
처음의 세계에는 우리가 있었지

난 집으로 돌아가지 않을 거야

*

은행잎은 반딧불과 함께 날고
철새가 오고 과일은 익어가

항로를 지나가는 배들

눈을 감는다고 보이지 않는 게 아니야. 말하지 않았다고 말하지 않은 게 아니야. 모든 항구는 모든 대지의 끝. 모든 음표는 모든 쉼표의 다음. 모든 눈물은 그 가슴이 뛰고 난 다음. 불이 켜진 다음에는 창문마다 네 눈동자가 서리고. 길을 자꾸만 이탈하는. 한 인간의 생몰연대. 태어나면서 죽어가는 음악과 같은. 그러니까 울음을 삼키고 노래를 다시 불러봐. 페이지를 펼치고 한 단어를 남겨봐. 돌아가서. 긴 시간을. 골목을. 터널을. 눈물을. 머리카락을. 계절을. 이야기를.

노래의 날개 위에*

깊은 밤 마침내 잠이 들 때
혹은 문득 긴 잠에서 깰 때

당신을 먼 나라로 데려가고
나를 고향으로 보내주는

잃어버린 목소리가 남은 곳
오래된 사랑이 쉬는 곳

술을 권하고 떠남을 부추기며
울음을 잉태시키기도 하며
시를 쓰게도 만드는

가냘픈 날갯짓으로 절망을 몰아내고
때론 희망의 샘으로 이끌기도 하는

어제를 잊을까
어제를 기억할까
지금을 어찌할까

그냥 손을 잡고 춤을 추게 해줘
흥얼거리는 바람을 맞게 해줘

상처는 더욱 깊어지기도 하지만
아문 흉터 위로 우리를 밀어주기도 한다

세상을 채색하며 띄워 보내는
순간에게 생기의 드레스를 선사하는
무정형의 중력이 여기 있다

*〈노래의 날개 위에〉. 하이네가 쓴 시에 멘델스존이 곡을 붙인 가곡.

적색 음악

해질녘이면 어김없이 외로워요. 불빛들은 아롱거려요. 붉은 입술. 달아오른 뺨. 불을 지폈던 자리 근처엔 언제까지 온기가 남아 있나요. 처음 보는 배심원들은 그 증거를 무심히 밟고 지나가고. 나는 하루치의 강렬함 너머로 사라지고만 싶어. 가마 속에서 피어난 문양들을 몰래 보고 싶어. 갓 잡은 물고기처럼 펄떡펄떡 뛰는 심장. 그 핏줄의 골목을 돌아 달려 나오던 당신과 부딪혀 쾅 넘어지면. 더욱 빠르게 핑핑 도는 별들. 숨을 쉬기만 해도 점점 더 부끄러워지는데. 누가 이 편지를 대신 읽어주겠어요. 누가 이 봉투를 대신 뜯어주겠어요. 얇은 노을을 찢고 날 안아줘요. 흘린 피의 웅덩이를 맨발로 밟으면. 악보 위의 발자국을 따라 시를 쓰고. 섬마다 피어난 붉은 꽃은 뎅겅뎅겅 참수되어 떨어지고. 먼 산에서 들려오는 장작 패는 소리. 직박구리 우는 소리. 모든 혁명이 낭만적일 순 없어도 모든 낭만은 혁명적일 수 있으니까. 가로등이 꺼질 때까지 폭죽을 터트리고 춤을 춰요. 싸구려 와인을 병째로 마시며. 빨이 있다고 손가락질 받을지라도. 불을 뿜으며 온몸으로 당신께 생을. 들려주고파. 이건 짙은 벼랑에서 돌아온 메아리. 화병을 깨트리며 나온 불꽃의 이파리. 한숨처럼 짧은 석양의 시나위.

별과 노을의 주제가

너는 영화의 주제곡으로 노을이 되어 흐르면서
내가 별이 되어 뜬다면 우리는 아주 잠깐
아주 잠깐 스치게 되는 운명이라고 속삭였지

누구나 뜨거운 오후를 연출한 뒤
잠깐의 키스를 받아 마땅하다고
붉은 입술의 구름으로 다가오던 너

나는 별자리 속 아껴놓은 대사를 꺼내
너를 데려가려는 해에게 부탁했지

저는 궤도를 벗어날 수 있어요
그러니 나도 함께 데려가줘요

태양은 서쪽으로 정중히 고개를 숙였지
그럴 수는 없단다 얘야

해의 빛과 별의 빛을 조명으로
각기 다른 영화가 필요로 한단다

하지만 정말 같은 음악이
서로 다른 영화에서 나오기도 하는 걸요

하늘은 이제 영화의 끝처럼 완전히 검어지는데
하루가 내게 무대를 넘기며 말했지

정 그렇다면 별과 노을은 서로 다른 영화가 되거라
대신 노을과 별이 스칠 때마다 하나의 노래가 흐를 테니
청춘 영화의 주인공 같은 관객이 있어
너희들의 씬을 지나며 그 노래를 따라 부르리라

자명종처럼

내 팔을 잡은 네 손에 그만 오랫동안 참았던 결심이 엎질러져서 마음이 금방 축축해져 버렸단다. 그때 내가 운 것은 정말로 슬퍼서가 아니었어. 더 이상 사랑하는 일을 참을 수 없다는 걸 깨달았을 때, 사람들은 자명종처럼 울지 않니. 난 미뤄왔던 순간이 왔음을 알리는 눈물에 눈을 떴지. 하지만 그 알람에 너조차 깰까봐 조심스레 울음을 누르는 수밖에 없었어. 넌 내가 비겁하게 떠나며 남겨둔 자명종을 보고 있을까. 엎질러진 시간은 아직 마르지 않았는데.

콜라 보체colla voce, 목소리를 따라서

뱃속에서 가장 처음 감각한
다른 파동 다른 느낌

나는 당신의 표정을 기억하지 못한다
당신의 냄새를 맡지 못했다
하지만 당신의 진동은 기억한다
깊은 가슴 아래에서 올라오던

전화기 저편 어쩌면 세계의 저편에서
주술처럼 내 몸을 감싸던 목소리

음악 위에 그 푸른 파동이 올라타면
더욱 폭주하는 분위기를
어떤 슬픔도 어떤 기쁨도 동조하게 되는데

네가 노래한다면 언제든지 난 춤출 수 있어

이 별 마지막 폭발의 순간

멀리서 다가오는 빛이 있다면

그 빛은 분명 목소리와 함께 돌아올 것이다

2부

노래를 부를 때면 신이 났다

그건 슬픈 노래를 부를 때도 마찬가지였다

레토Leto*

우리는 사다리를 놓고 올라가 이 층 창문을 몰래 열었다. 레닌그라드 록 클럽의 베이스는 흑백의 세계조차 진동시킨다. 눈이 내리고 있었기 때문에 나는 춤추는 사람들의 눈동자가 보고 싶어 안달이 났다. 통영에서부터 개마고원을 거쳐 시베리아를 횡단한 나타샤의 손은 따뜻했다. 그녀는 한 손으로 내 손을 잡고 다른 한 손으로 무대 뒤의 커튼을 살며시 젖혔다. 빅토르의 차례인가 봐! 여름이 끝나기 전에 우리는 그의 노래를 들어야 했다. 아니 그가 노래하는 동안은 언제나 여름이었다. 우리는 붉은 벽을 타고 흐른 가사들을 손바닥에 몰래 적어 놓았다. 레닌그라드 록 클럽에서는 노래를 따라 불러서는 안 되지만 나타샤는 눈보라처럼 흥얼거리기 시작했다. 나는 싸구려 보드카에 금세 취했으므로 혀가 꼬였다. 빅토르, 우리는 모두 승객이야. 곰처럼 거대한 분위기가 관객들을 후려치고 있었다. 게으름뱅이들은 전부 위대해. 빅토르는 노래했다. 연어처럼 펄떡이며 돌아왔단 말이지. 나무는 계속 자라고 있어. 앰프가 찢어질듯이 울렸다. 창문이 부서지고 클럽 안으로 눈이 내렸다. 부동항은 너무 멀어. 우리 지금 키스하자. 이 도시의 여름엔 백야가 지속되었다.

* 키릴 세레브렌니코프 감독의 영화 〈레토〉. 영화는 고려인 아버지와 우크라이나인 어머니 사이에서 태어난 러시아 가수 빅토르 최의 데뷔를 둘러싼 이야기를 다룬다. 러시아어 Leto는 여름을 뜻한다.

메조 피아노mezzo piano, 조금 약하게
- 선운사를 변주하여

사랑이 지나간 자리는 어딘가 안타깝다

도솔천 물속의 흔들리는 그림자
우리는 사천왕상을 지나기 전부터 힘들었다

왜 그 길을 가려고 했을까

봄꽃 졌는데 하필이면 추웠다
너는 절을 하고 나는 멍하니 산을 보았다

목탁 소리 깨어지듯 우리는 갈라졌다

지장보살 외는 소리
무심하게 들려오는

백아절현

산이 무너지는 소리를 연주했을 때
놀라 절벽에서 떨어진 사슴의 원통함이었던가

하늘이 무너지는 소리를 연주했을 때
겁에 질려 추락한 황새의 저주였던가

내게 단 하나의 곡조도 후회하지 말라 하며
울면서 태어났으니 웃으면서 죽어야 공평하다고
애써 설득하며 웃곤 했지
아름드리나무 아래처럼 그늘진 얼굴로

떨리는 손을 간신히 잡은 다음
너는 자신이 떠나면 다시 줄을 튕기라 했지만
애절한 마음은 모든 현을 끊어버렸네
악기는 두 번 다시 소리 낼 수 없으리

낮은음

얼음처럼 단단한 밤. 창가에 오래된 낮은음이 앉아 쉬고 있다. 마지막 현에서 태어나 수많은 비가悲歌를 다스렸던 그다. 많은 사람들이 그의 발밑에 눈물을 흘렸었다. 그는 낮은음자리에서 높이 흐르는 멜로디들을 조종하였다. 청자들은 쉬쉬했지만 솔직한 작곡가들은 그가 음악을 지배한다는 걸 인정할 수밖에 없었다. 저음이 지배한 시대였다. 하지만 모든 역사가 그렇듯 베이스라인을 따라 광활했던 영토도 영원하지 못했다. 높은음자리표가 낮은음자리로 향하는 쉼표들을 하나 둘 씩 지웠을 때부터였다. 사람들은 점차 빠르게 흐르는 높은음의 탄력에 매혹되기 시작했다. 악보의 저 아래에서 근엄하게 울리던 그의 지배력은 힘을 잃어갔다. 발 빠른 기마대가 육중한 갑옷의 보병을 농락하듯이. 낮은음은 그렇게 낡은 것이 되었다. 악보에서 그의 영토는 축소되었으나 어느 정도는 보장받았다. 하지만 더 이상 사람들은 저음에 정복되지 않았고, 울음을 터뜨리지 않았다. 그 사실을 참을 수 없었던 낮은음은 스스로 음악의 구석으로 밀려났다. 그 사이 음계는 계속 높아졌다. 이제 사람들은 저음을 거의 잊어버렸다. 그런데 여전히 저음의 세계로 귀를 향하는 자들이 있다. 그들은 오래 전의 음악을 찾으려는 도굴꾼들이다. 또한 높은 세계에서 추방된 이들이기도 하다. 이자들은 낮은음을 다시 추대하여 한바탕 반역을 도모하려 한다. 지금 오래된 낮은음은 지각의 바깥에서 쉬고 있다. 그의 추종자들이 높은음자리의 음표들을 거슬러 내려오기를 기다리면서. 그리하여 다시 저음의 강력함으로 소리의 영토와 애수를 지배하기를 염원하면서.

하르방

이 섬의 돌은 여전히 풍화되고 있습니다. 이미 구멍 난 돌을 다시 또 부스러지게 만드는 바람과 파도와 시간이 약속합니다. 이곳의 돌은 가슴에도 구멍이 나있습니다. 돌은 자신을 숭숭 뚫고 지나가며 구멍을 더 크게 만드는 것들을 그저 바라볼 뿐입니다. 시리고 따가운 그 삶을 지켜내는 마음을 누가 보듬어 줄 수 있습니까. 돌에게도 참을 수 없이 뜨겁게 흘렀던 시절이 있었습니다. 당신은 그 시절의 돌을 기억하겠습니까. 검은 흔적 아래 쌓아올린 마음의 언덕들을 올라보겠습니까. 그 수많은 언덕에서는 노랫가락이 들려온다고 하는데, 온통 구멍 난 피부 속으로 꽁꽁 숨겨 놓았던 노래라 합니다. 무수한 구멍과 무수한 언덕에 입을 맞추며 흘러간 이야기들을 만져보겠습니까. 오늘도 불어오는 바람과 파도와 시간을 잠시 함께 맞겠습니까.

자장가

시도시의 피로한 퇴근길에
버스에 앉아 건조한 눈을 깜박이며
오늘도 별들이 집으로 돌아가요

덜컹거리는 좌석과 불 꺼진 상점들
취해서 흔들리는 사람과
흔들려서 취하는 사람

당신이 가는 길은 얕지 않군요
자주 이방이라 느껴지는 이곳에서
때론 붉고 때론 푸른 주름들이 얼굴에 생겨요

눈 감아도 들리는 이야기들은 쫓아버리고
쏟아지는 뜨거운 물에 깰 때까지
작은 노래를 불러보는 작은 시도

어떤 높은 산을 넘다 왔는지 읽어 줄래요
어떤 망망대해를 담아왔는지 손잡아 줄래요
말없이 이불을 덮어도 괜찮아요

굳은살에 꽃이 핀다고 하면
거짓말인 거 같아서 콘크리트 사이에
이름 모를 야생화가 피었어요

당신의 마루에 앉은 당신의 하루에
때론 서툴러도 때론 익숙해져도
작은 노래를 불러봐요 작은 시도로

야夜한 도시의 광光시곡

이 도시가 밤에도 빛나는 이유는
잠들지 못하는 사랑이 있기 때문이다

침묵을 뒤집어보면 알 수 있다
입에서 입으로 전해진 우화를

창문을 닫아도 커튼으로 가려도
기어이 벽을 비집고 나와 들리는 탄성

어둠을 들을 수 있는 자들이
절망같이 깊은 세계를 밝힌다

어느 사형수의 아리아

나는 반지를 팔아 편지를 쓰네

성곽 위에서 내려다보는 무너진 사랑의 도시여
오늘 밤 사별의 현장에서 고개를 돌리려 하는가

오 나의 프리마돈나 낭만을 꿈꾼 전쟁터에서
부러진 나팔을 이어 붙이듯 나를 안아주었지
진실로 노래에 살고 사랑에 살았던* 그대여
그대의 포옹으로 조각난 꿈도 주워 담을 수 있었건만

잉크가 마르기도 전에 내 목이 동백꽃처럼 떨어지면
사람들의 피를 지키려 했던 화가로 기억되리
희망은 내게 덧칠된 가장 아름다운 물감이었으며

사랑은 탄생과 죽음 사이 허락된 유일한 간주곡이었네

찬바람 스치며 전해준 그대의 검은 눈빛이
월광보다 더욱 밝게 어두운 하늘을 가르는데

별은 이토록 빛나건만**
지금처럼 이렇게나 사랑한 적 있었던가
이렇게나 삶을!

*〈노래에 살고, 사랑에 살고 Vissi d'arte, vissi d'amore〉, 푸치니의 오페라 「토스카」 제2막 중 오페라 가수였던 토스카가 연인인 화가 카라바도시의 목숨을 애원하며 부르는 아리아.

**〈별은 빛나건만 E lucevan le stelle〉,「토스카」 제3막 중 카라바도시가 총살당하기 직전인 새벽녘 토스카에게 편지를 쓰며 부르는 아리아.

어스름들1

해 뜨기 전 하늘의 불그스름한 서시
아침은 더디게 온다

동백은 봄의 전주곡
어떤 빛은 빠르게 떠오른다

흔들리는 풍경은
물 아래의 가슴일까
물 위의 바람일까

번진다

어스름들2

악몽에서 깬다. 나는 누워있고 주위는 어둡다. 정말 악몽에서 깬 것일까. 소리를 지르며 몸을 뒤틀었다. 아직 악몽에서 깰 힘은 남아있나 보다. 그것이 진정한 악몽일지도 모른다. 하지만. 눈을 뜨면 언제나 어둠 속. 눈을 감으면 더 깊은 어둠 속. 물을 찾는 손. 진정되지 않는 심장을 꿈꾸지 않는 이는 절대로 모를 것이다. 신경이 곤두선다. 내게만 들리는 소리. 내게만 보이는 것 같은 저 빌어먹을 어슴푸레한. 잠이 들 땐 밤이 무섭지 않다. 꿈에서 뛰쳐나와 마주할. 온 감각을 겁박하는 여전히 남은 어둠이 무서울 뿐. 언제까지 떨어야 할까. 일부러 젖혀보는 커튼. 천천히 부서지는. 잡히지 않는 주황색 빛이 멀리서 반지처럼. 나는 스스로를 감싸 안고. 눈을 비빈다. 하늘인지 창문인지 눈동자인지. 맺히는 어떤. 그 느낌에 소스라쳐 소름이 돋으면. 지금 막 깨어난 어스름이 어두운 공간을 비집고 들어와.

아다지오adagio, 느리게

난 느림을 상속받았다
별은 느리게 떨어지고
발걸음은 다음 발걸음을 따라잡지 못한다

물속에 잠긴 듯한 무거운 시계 바늘이
사랑에서도 이별에서도 천천히 돌아서
한참이 지나서 느껴지는 아픔이 있다

몸무게는 중력과 동의어이기 때문에
배가 나온 채로 천천히
소행성을 끌어들이고 있다
느릿하게 다가오는 충돌

내게 상속된 느림이 허락한다면
나는 아주 천천히 아주 오랫동안
별들이 부딪힐 때 폭발하는 빛을

느긋하게 시력을 잃어가며 바라보고 싶다

트랙리스트 - 되감기

술을 마시고 친구와 안치환의 〈자유〉를 미친개처럼 부르곤 했다. 책을 집어던지거나 불에 태우면서. 비가 내리면 울음은 더욱 짖어들었다. 스물과 스물하나로부터 멀어지기 시작했던 그 시절. 노래만이 우리를 다음 날로 데려갈 수 있었다. 양희은과 톰 웨이츠가 함께 취했고 목소리를 들려줬다. 송수신 불가한 전화기들을 찾으면서. 한 친구는 우리를 추하다 했고, 다른 친구는 무섭다 했다. 나는 우스웠을 뿐이다. 더해서 약간 가소로웠다. 가사를 쓰지 못했으니까. 다른 사람의 노래를 빌려 울 수밖에 없었으니까. 하지만 어쩌거나 말거나 노래를 부를 때면 신이 났다. 그건 슬픈 노래를 부를 때도 마찬가지였다. 아버지 돌아가시고 홀로 이문세의 〈시를 위한 시〉를 따라 부를 때처럼. 노래를 부르며 신나지 않는 사람은 노래를 부르는 것이 아니라 그저 음을 붙여 말하고 있는 것일 뿐이다.

어떤 파도의 끝과 어떤 바위의 틈

내가 있을게
내가 있을게
어떤 파도의 끝과
어떤 바위의 틈에서도

노래할게
널 부를게
해가 젖는 날도
바람이 없는 그늘에서도

우리 무릎이 스치면
우리 구름이 겹치면
내리는 눈송이들을 모아
성을 쌓고 문을 열어둘게

꽃이 피고 냇물 흐르는 사이

불이 붙고 향기 퍼지는 동안

웃어볼게 살아 있을게

어떤 세상의 눈물 속에서도

청색 음악

파도를 듣고 있다. 왔다가 다시 돌아가는. 물러났다가 다시 다가오는. 파도는 세상의 모든 중심에서 모든 바깥으로 치는 음악이다. 구대륙의 화음도 신대륙의 물음도 모두 모래로 구르고. 같은 쉼표도 저마다 쉼의 순간이 다르듯 푸름에도 저마다의 깊이가 다르다. 한 음이 하나의 포말로 오늘 달려오고. 어제의 포말은 어느새 큰 대양을 이루고. 내일은 어떤 포말이 부서져 소리를 낼까. 청색 음악이 흘러 수평선 너머의 이야기와 해변의 이야기가 만난다. 가끔 배가 지나가며. 이방의 언어로 쓰인 편지가 담긴 유리병이 밀려오기도 하며. 여기는 섬일까. 아닐까. 지금까지의 악보로는 모를 일. 달이 왔다 가면서 달라지는 빠르기. 두근거림과 실망을 반복하는 이야기. 이 음악에 발을 담가보세요. 신발을 벗고. 발가락 사이를 채우는 물. 그 물이 당신의 해변으로 흐를지. 아니면 먼 바다로 끝내 출항할지. 흰 것은 구름과 파도의 끝자락 뿐. 이 행성의 나머지 음악은 푸르게 푸르게. 궁금한 것은. 심해는 얼마나 깊으며 하늘은 언제까지 맑을지. 악보의 어디쯤에서 이 음악이 끝나는지. 왜 영원할 것처럼 파도의 반주는 계속되는지.

우기의 한가운데

비가 빗소리를 버리는 날
젖어드는 마음을 그리움이라 한다면

지상의 소음이 다다르지 못하는 거리에
나는 어제의 그림자로 서 있는데

여름이 지나가며 흘린 빗방울들이 모여 웅덩이가 생기고
웅덩이를 향해 한 발짝 내디디면
찰랑거리는 소리와 함께 쏟아지는 모든 것들

넘치는 물 위로 우산을 뒤집어 띄워
거꾸로 젖는 마음도 아직 그리움이라 한다면

흑백 영화

노이즈 가득 낀 현악기의 음들이 빗속을 헤집고
배우의 속은 이미 몇 번은 토한 듯해
아무리 색칠해도 빛나지 않는 신앙은
헤어진 연인의 눈물로 가려지네
누가 총을 들고 누가 카메라를 들었는가
그 시절의 배경은 지금 화면보다 더 흐렸는가
박자를 맞추지 못해도 걸어가던 배우들과
천대받았던 스텝들이 다 꼬여 넘어진다
우리 할머니는 탭 댄스를 추던 광대를 보았을까
당신의 유년은 어떤 종소리가 울렸었나
교회의 종소리였나 학교의 종소리였나
사람이 달로 올라갈 때 지상의 변방을 본 이 없고
총칼이 오래된 언어마저 눕혔을 때
한 대 쳐버리니 빙그르르 돌아가는 손거울
마을은 집과 화면을 뛰쳐나간 여자를 외면했다
그 시절의 향수는 지금 너무 촌스럽다

아니 그 촌스러움을 부끄러워하는 지금이
더욱 촌스럽다 아마도 목소리가 없던 시대에
변사의 거짓말이 불러주던 그 가락이
지금보다 시끄러웠던 극장의 요란함이
화면에서 거세된 만세 소리보다 더욱 듣고 싶을 뿐

이 사랑을 끝낼 때 더 이상의 노래는 없으리라

조명실에서 쏴주는 어떤 계절도 호흡을 다하면
프리마돈나는 짐작의 커튼 뒤로 돌아가서 짐작건대
더블링 없는 아리아를 불러줄 거야 독백으로
이별의 인생같은 연극을 살았으므로 당신이
내 어깨에 기댔던 시간들은 오로지 내게만 분양되고
난 시를 벗고 시름시름 앓을 거야 아마

그대는 내 첫 아픔조차 지어냈다고 돌아서겠지만
내 마음은 말하지 못한 말들만큼이나 진심이었어
무대를 밟는 발끝마다 꽃이 피어났고
그 정원의 정원사가 되고픈 게 광대의 꿈이었으니
위대한 영혼과 예술은 과거의 예지나 미래의 환생으로 완성되지 못하므로
해피엔딩 강박증과 영웅심리 같은 것이 발열하고
너의 말에 맞은 모든 뺨이 얼음인 듯 얼얼했지
아픔에 중독된다는 건

버려진 고백을 줍는 일에 익숙해진다는 것이었어

온몸을 날개로 감싸느라 날지 못하고 달달 떠는
그 버려진 아기 새들을 물끄러미 보노라면
나는 심장에 너무 죄스러워서 눈물이 났어
하지만 주연은 바뀔 수도 바뀌어서도 안 됐고
이중창은 우리 몫이 아니었으므로 다음 장으로 빠르게
노랫말 속에서 잊혀져간 것이 맞다네
아니 차라리 잊혀졌다고 믿고 싶다네
잊혀진다는 건 잊혀지는 시간보다 더 길게 기억됐었다는 의미이니

더 이상의 대사를 해서는 안 되겠지
연기와 노래를 동시에 할 수 있는 건 행운이자 독한 아픔이었다

퇴장 후 우리는 각자의 분장실로 돌아가 화장을 지우겠지만

마지막 대사의 여운만큼
노래가 불리는 거리만큼
진심을 다해 사랑했다 믿어주길 바라요

앙코르

조명이 전부 꺼진다

뭐해 이제 그만 내려와
속삭이는 소리에 눈을 뜬다
칠흑

두근거리는 소리에 아픈 머리
더 갈까 도망갈까
질문을 던진다
사람들은 전부 어디로 갔을까
병신

위선적인 정적이
물을 들이키게 한다
팔을 들어 땀을 닦고
한숨

악써봤더니 어때

알 것 같아 아니 살 것 같아

날 버려도 좋아

추락

다시 불을 켜고 나서

아모르 파티, 사막에서 돌아온 니체

많이도 봤지 이 도시에 갇힌 슬픈 피사체

뭐라도 좋네 금지된 형식으로 말해

프로이트보다 꿈을 더 잘 알아

이게 내 죄라면 현상금은 대체 얼마일까

마틴 루터 킹이나 켄드릭 라마도 능가할 거야

어둠보다 빛이 마음을 기만할 때

이 꽉 물어 절대 지지 말어

눈은 멀어가고 길에 버려져도

자유를 위한 검투사여

언제나 믿고 살길

조명이 꺼지고 어둠이 덮치면

빛만 기억하려 한 사람들을 잊고 말겠지

어떤 말이 당신을 일어서게 했는지

어떤 마음으로 만가를 불렀는지

하지만 문장을 산산이 조각내도

이 사랑은 절대 안 팔 테니

수많은 밤이 증언하겠지 포기 않았음을

사람들은 미련하다 혀를 찼지만

누가 떠나지 않고 남았는지 봐

의미는 사라져도 의지는 지켜낸 오랜 시간

여전히 간절하게 노래를 부르니까

유서를 쓰는 아침

마지막으로 들려오는 말들

유서를 읽는 밤

마지막 목소리는 이렇게 침묵으로 남아
이제 아무도 당신을 연주할 수 없는데

당신은 왜 아직 남은 사람을 진동케 하는 것입니까

스미누엔도sminuendo, 점점 여리게 꺼져가듯이

조만간 입을 완전히 잃어버릴 것 같아

그러면 파도 소리와 일몰의 풍경이

남은 감각의 전부를 엄습하겠지

그때가 오면 내 눈길이 머무는 곳

그곳에서만 너는 내 욕망을 희미하게 읽을 수 있겠지

세상은 나의 침묵으로 조금이나마 조용해지고

사람들은 다른 소리에 조금이나마 더 다가갈 수 있겠지

우리가 할 수 있는 말들은 모래사장의 모래처럼

밟히고 밟히지만 우리가 살릴 수 있는 진실은

별처럼 아주 멀리서 소멸해가고 있으니까

되도록 밤에는 불을 꺼주었으면 해

사라질 수밖에 없는 눈꽃과 불꽃

나의 마당에 피어나던 그 시들을 기억해주겠니

잦아드는 가슴을 꼬옥 한 번 안아주겠니

3부

노래는 어디까지 흐르고
무대는 언제까지 악사를 기다릴까

연주자에게
- 음악의 동쪽에서 밝아오는 아침에

1악장

끊임없이 낮은음을 반주해야 완성되는 세상에서
해 뜨는 동해 바다 위를 항해하는 악보를 본다

새벽을 버틴 음계들이 서서히
주제를 향해 쌓아 올린 화음들

그 시간을 매일 악보의 첫 장에 기록한다

청중들이 절정에 다다른 연주에 감격할 때
아침이 저절로 오지 않았음을 기억하기 위해

2악장

음악은 음표와 쉼표의 연속이다
두 표기는 모두 연주를 지시하는데
어쩌면 당신은 음표만 연주해왔을 수도 있다
그리고 그건 아마도 당신 잘못이 아니다

자신의 쉼표를 연주하는 법을 배워야 한다

3악장

각 파트마다 다른 리듬이 있다

힘을 줬다가 뺐다가
다시 힘을 주는 일이 얼마나 어려운 일인지

한 마디와 한 마디 사이의 벽이
넘을 수 없을 것처럼 얼마나 높아 보이는지

지휘자는 알고 있지만 말할 수 없다
대신 혼신의 손짓과 표정으로 전할 테니

연주자들이여 부디 오늘의 끝까지 가보자

우리는 함께 땀 흘리고 있다
함께 호흡하고 있다

4악장

가까운 불협화음과 먼 화음들이

적절히 손을 잡는 것이 삶이다

5악장

높은음자리에서 뛰어노는 아이들과
낮은음자리에서 헤엄치는 아이들

두 세계는 평행해서 닿을 수 없지만
마침내 쉼표도 음표도 없는 곳에서 멈출 때까지
저들은 영원히 서로를 생각하며 노래할 것이다
이 운명을 슬프다 하지 마라

그들은 하늘과 바다처럼 한없이
닿아있다
닮아있다

그러니 당신은 연주를 계속하라

6악장

박자를 맞추는 일이 얼마나 어려운지
맥박과 메트로놈은 매번 어긋나려 한다

두근거리는 심장과 똑딱거리는 시계
그 어떤 박자에도 뛰어들 수 없어 절망할 때에는

소리가 닿지 않는 곳으로 잠수해야만 한다

7악장

해는 길었다가 짧아지고

노랫소리와 사람은 커졌다가 여려진다

8악장

저기 먼 바다의 북소리를 들어라

산새소리와 기차소리를 들어라

별이 떨어지는 소리를 듣고

꽃이 폈다가 지는 소리를 들어라

들리는 소리를 듣고

들리지 않는 소리를 들어라

귀 기울여라

9악장

네가 들은 모든 소리들이 너를 통과하며 너의 물결에 파장을 남기고 너의 눈동자를 진동케 하며 너의 피를 돌게 하며 너의 혀를 떨게 한다. 네가 들은 모든 소리들은 네가 듣지 못한 모든 소리다. 너의 연주는 거기서 비롯된다. 이제 너의 연주는 음악의 동쪽에서 음표를 태양처럼 떠오르게 하고 음악의 서쪽에서 쉼표가 노을처럼 지도록 할 것이다. 어둠이 내리면 어둠의 박자에 맞게 템포를 조절 할 수 있으며, 새벽에 다다르면 그에 합당한 음계를 연주할 것이다. 너는 어떤 소리도 연주하지 않아도 되고 모든 소리를 변주해도 된다. 연주법은 네 눈시울에도, 수평선에도, 오두막의 지붕 위에도 남겨져있다. 음악이 존재한다는 것은 음악을 듣는 존재가 있다는 것이며 음악을 듣는 존재가 있다는 건 음악이 존재한다는 것이다. 너는 그 사이에서 무한 연주를 하는 샤먼이다.

번지 없는 주막

한 무리의 추적자들이 미시령을 넘었다

바람 부는 날이었고 울산 바위 아래로 낙엽 가득했다
산맥을 넘어 해안가로 온 추적자들의 얼굴은 붉었다
쨍하게 푸른 하늘과 바다가 그들을 급습했다

배들은 자꾸만 항구와 입 맞추고 있었다. 거리엔 비단멍게, 마른 오징어, 도루묵 따위가 너절했다. 우리가 추적한 생의 노래는 파도에 휩쓸려 어디로 갔을까. 어부들은 불쾌해진 얼굴로 낚싯대를 한 번 더 기울였다. 그 미끼를 훔쳐 먹고 동해를 따라 북상하는 난류에 몸을 맡기고 싶었다. 더 위로. 더 차갑고 더 하얀 곳으로. 허나 군사분계선이 우리를 가로막고 있었고 작전 회의를 위하여 마을의 서점으로 잠입했다.

다음은 우리가 서점의 구석에서 살펴본 지도 목록이다.

파도 피아노 연주법, 불온한 눈물, 세계의 끝에서 토마토를 키우는 여자, 초록 술, 얼음꽃과 불꽃, 누가 이렇게 긴 편지를 썼을까, 모든 시계는 감옥이다, 안도 마을 여행기, 꿈의 역사, 겨울 별자리 신화, 물때 시간표

지도를 읽고 작성하는 동안 아름다운 마을 사람들이 서점으로 자꾸만 들어왔다. 하지만 추적자들은 노래를 쫓고 있는 상태였다. 하염없이 침묵하며 책장을 넘겨보다가 깨달았다. 사람들의 머리카락에는 석양이 묻어있음을. 반짝이는 석양의 가루가 눈처럼 내려 공간이 빛나고 있음을. 그 붉음으로 어쩌면 매일 새로운 노래를 지을 수 있음을. 그 노래를 타고 분열의 단어들이 지뢰처럼 묻힌 전선을 돌파할 수도 있음을. 이제 멜로디는 준비되었고 필요한 것은 가사였다.

서점을 나와 우리는 가사로 쓸 오래된 심장을 찾아 시장과 부두를 수소문했다. 장사꾼들은 장갑 낀 손으로 추적자들에게 떡이나 튀김을 집어주었다. 파도소리에 저녁이 차오르기 시작했다. 생선의 배에 알이 차오르듯. 행려병과 상사병이 마찬가지로 부풀고 있었고 마침내 달이 떠올랐다. 해가 지면 우리는 어쩔 수 없이 취해야 한다.

어둑해지는 풍경 속 달빛 아래 번지 없는 주막이 가물가물 보였다. 추적자들에겐 갓 잡은 펄떡거리는 멜로디가 있었으나 가사가 없었으므로 끙끙대며 주막으로 들어갔다. 주막엔 티브이를 보고 있던 노인뿐이었다. 그는 저는 다리를 끌고 다가와 입을 열었다.

쫓는 자들은 취해야 한다

우리는 고개를 끄덕이며 잠긴 목소리를 끄르고 멜로디를 내놓았다

노인은 웃음을 터트렸다

그래 무장해제당한 모습들이 왠지 생의 노래를 추적하는 자들 같더군. 잘 왔네. 이 밤 취하며 가사를 적어 내려가 보시게. 젊은이와 노인의 목소리가 겹칠지도 모르지. 계곡과 섬이 만날지도 모르지. 알다시피 노래 안에 불가능은 없네. 다만 이것 명심하게. 자네들이 노래를 부른다면 노래는 더 멀리까지 퍼질 것이며 결국 자네들은 그 노래를 따라잡기 위해 더 멀리 가야만 할 것이네.

노인은 직접 담근 술을 주전자 가득 담아 내왔다. 저는 다리 때문에 오랜 계절의 애환이 술과 함께 흘러넘치며 바닥을 적셨다. 번지 없는 모든 존재를 위하

여 건배. 노인은 파전을 부치고 가자미를 구웠다. 깊은 밤이었고 추적자들의 얼굴은 더욱 붉어졌다.

얼룩덜룩한 밤이야
얼룩덜룩한 삶이야
찻집으로 바다로
서점으로 산으로
너를 찾아 가고 있어

고요하고 소란스러운
너는 내 삶의 그림자

슬프게 웃고
신나게 울며
우리 함께 어디까지
먼 나라의 벼랑까지

닿을 수 있게 불러볼게
파도와 바람에 실어볼게

비 내리면 젖어들고
햇빛 아래 조금 타서
얼룩덜룩한 마음이야
얼룩덜룩한 마을이야

그래도 정말 괜찮다면
이 노래에 춤을 춰줘
너를 찾아 가고 있어

시월

가을은 겨울의 서곡

우리가 어떻게 이곳의 앙상블이 되었는지
막은 왜 자꾸 신호 없이 올라가는지
알 수 없어도 발은 저절로 움직여 춤을 추는데

일단 시작한 무대는 절대로 멈출 수 없대
이 계절의 끝에 커튼콜을 받을 때까지

그렇다면 오디션도 없이 오른 세계에서
마음대로 부른 노래들이 메아리를 얻어
낙엽이 꽃다발처럼 쏟아졌다고 하자
조명이 비춰져 살았을 뿐이라고 하자

춤은 저절로 나온 것이고
앵콜을 외쳐서 밤이 길어지는 것이라고

보낸 이, 몽마르뜨 언덕의 아멜리에*가

몽마르뜨 언덕에 오르면 당신이 케이프타운 즈음에서 배를 타는 모습이 보이네요. 회전목마를 타고 몽골 벌판을 달리는 기사들의 머리카락이 휘날리구요. 화살표를 따라 걷는 사람들이 안타까워 지중해로 화살을 날리는 화가의 모습도 렌즈에 담겨요. 있잖아요, 나는 오후의 한산한 바에서 복권을 긁으며 웃는 연인들이 너무 사랑스러운 거 있죠. 일하는 건 힘들지 않아요. 세상엔 일을 구하지 못해서 힘든 사람들도 많은 걸요. 어머나 소나기가 오네요. 지하철역마다 널어둔 여행자들의 사진이 젖지 않게 걷어야겠어요. 어젯밤엔 뉴스에 나오는 저의 장례식을 보다가 잠들었어요. 전 그렇게 착한 사람이 아닌데 참 신기한 일이에요. 전 그냥 재밌었거든요. 몇 십 년 지난 편지들을 잘라 하나의 새로운 편지를 만든다던지 하는 거요. 그 편지가 아메리카 대륙에서 가족을 찾아 돌아오게 만드는 거죠. 당신은 어느 영화관에서 제 편지와 사진첩을 펼쳐 보았을까요. 마임을 하는 사람들을 보면 가끔 삶은 영화라는 말이 이해될 것만 같아요. 앙코르와트의 벽 속에 숨겨둔 비밀이 바로 그런 거 아니겠어요. 비가 그쳤어요. 당신이 탄 배는 야채 가게 매대 위를 순항하고 있네요. 오늘은 가지와 토마토를 사야겠어요. 장바구니가 찰랑거리는 음악이 들리시나요. 장바구니와 사진첩은 리허설이 없는 법이죠. 그 즉흥적인 색감이 마음에 들어요. 당신과 함께 찍을 사진이 기다려지는군요. 부탁이 있어요. 당신이 이 언덕에 도착하면 오토바이를 태워주셔야겠어요. 대신 제가 벽마다 당신의 일기를 써놓을게요. 제 목소리로요. 약속한 거예요. 그렇다면 우리 승낙의 표시로 구름을 잡고 흔들어요.

* 장 삐에르 주네 감독의 영화 〈아멜리에〉.

모르모란도mormorando, 속삭이듯이

쉿
이번 생은 내내 말을 미행하고 있어

어리석게 뒷모습만 봐도 할 말을 잃어서
몇 번이고 놓치고 말았지만 말이야

속옷을 벗을 때처럼 조용히 다가왔다가
고개를 돌릴 때처럼 순식간에 사라지곤 해

같이 자고 싶은 사람이랑 밥을 먹다가
갑자기 그 자취조차 찾지 못해서
당황한 적이 셀 수가 없다니까

누군가 말을 훔쳐갔다는 소문도 들어봤고
그 말을 팔았다는 소리도 들은 적 있어

말을 할 수가 없을 땐 연주를 한다는
피아니스트를 찾아간 적도 있지
은밀히 그 비밀을 훔쳐 듣다가
길거리로 쫓겨나기도 했지만 말이야

아무튼 나도 내 목소리가 정말 듣고 싶어
네 얘기도 마찬가지고 말이야
그래서 이렇게 숨죽이며 시를 쓰고 있어
몰래 조금씩 다가가기 위해서

언젠가 말을 찾아서 내 걸로 만들면 있잖아
네게 꼭 이 한 마디를 하고 싶어

표정을 접어두다

그대가 봄기운처럼 웃을 때면
난 사진사라도 된 듯 그 표정을 접어두었죠
우리가 날씨처럼 바뀌더라도
다시 펼쳐볼 수 있도록

수박의 속처럼 붉어진 뺨은
몇천 번이고 베껴 쓰고 싶은 문장

지난날의 한 귀퉁이를 만져보면
접어둔 마음이 떠올라 이제는
전부 읽지 못할지라도 좋아요

둥근 눈동자는 쉼표가 되고 어쩌면
마침표가 되어버리기도 하지만

접어둔 표정은 오랫동안 짙어지고
제목 같은 입술이 그동안의 이야기를 들려주어요

상록수 - 서 있음에 관하여

나란하게 맞닿은 어깨의
그림자가 다시 생길 때
슬프게 돌아가는 일 없게
이 자리에 서 있을게

아무리 추워도 네가 좋아했던
이 향기는 안 팔게
버티는 일이 힘이 들 땐
믿음이란 뭘까 생각해 볼게

긴 겨울 천천히 흐른 뒤에도 지킬게
시간에 깎이고 깎여도 다시 봄바람 불 때
마음이 흔들려 멀미를 할 때
붙잡을 수 있는 용기가 될게

아리랑 고개 넘어가오

아리랑 그 고개가 어데오
그대 가슴의 언덕 너머요
무덤 가는 길 세상 속이오
어느 세월 이 마음서 가시겠소
정녕 꿈에 도착하시겠소
나는 걸으며 꿈을 꾸오
바람을 맞으며 눈을 뜨오
내 가는 길 보려 하오
그대 걷는 모습 보려 하오
본 세상이 전부 남진 않더구려
아쉬울 땐 한숨 대신 노래요
한 가락 따라서 불러보소
그 목소리에 다시 길 가겠소
언덕을 오르고 파도를 타겠소
세상은 멀구려 그대도 마찬가지오
때론 원망스럽기도 하더구려

그래도 말은 하지 않았다오
대신 노래를 불렀다오 길을 갔다오
내게 어데요 물어주시었소
나는 쉬이 답을 못하겠소
굽이친 이 삶이 나를 이끌었구려
때론 푸르렀다 믿고 있소
잘 보이지 않아도 괜찮다오
구불구불한 심정도 안고 가오
언덕을 넘어가고 있소
당신도 어디로 가고 있소
아리랑 노래 불러보오
아리랑 노래 불러보오

백색 음악

창문을 열자 눈이 쏟아져 들어왔다. 순식간에 콧등과 양 볼에 눈이 내려앉았다. 눈은 소리 없이 쌓이면서 세상의 소리들을 증폭시킨다. 거리를 걸으면 뽀드득 뽀드득 쌓인 눈이 밟히며 비명을 질렀다. 하얗게 주차된 차들 아래에는 평소보다 더욱 명백한 어둠이. 크기가 제각각인 결정체들은 검정색 외투 위로 뿌려져 빛나고. 조금 더 고요하고 조금 더 소란스러운 세계. 눈을 잡으려 손을 뻗으면. 물기가 생겼다가 사라지는 마음. 눈이 내리는 거리를 걷다 문을 열고 들어가려면 먼저 온 몸에 내려앉은 눈을 털어야한다. 그렇게 떨어진 눈은 다시 거리에 쌓이고. 쌓인 눈이 내리는 눈과 맺는 연대. 창 안에서 밖을 보면 음소거 된 풍경. 저 눈들은 어디서 와서 이 도시를 잠시 덮어주는가. 녹아 사라질 때 그들은 작별 인사도 외마디 비명도 없이. 흰색 보다는 회색에 가까운. 내리는 눈을 보면 내리는 감정들. 그 감정들 또한 눈처럼 말이 없고. 다만 어떤 사람이 지나갔는지 발자국들이 고발하고. 죄책감도 안도하는 마음도 눈에게 모조리 덮이고 드러나는데. 다시 녹았다가. 사르륵. 동네 아이들이 어느새 눈사람을 만들었다. 뭉쳐진 눈과 내리는 눈은 무엇이 다른가. 뭉친 생활과 조용히 내리는 감각은 어떻게 다르며. 우리의 마음은 어디서 쌓이고 말들은 언제 녹아 사라지나. 지금 발자국을 남기며 내리는 눈을 맞고 있는 이 누굴까. 눈이 내려 더욱 밝고 더욱 희미한 세계를 우리는 어떻게 지나고 있나.

서릿발처럼 뿌득뿌득 지구를 밀어 올리며

한 거인이 우리 행성을 받치고 있다는 신화

그 어리석게 외로운 견딤의 시간을
작은 얼음 기둥들이 마주 받치고 있다

일일이 기억나지 않는
수많은 사람들이 밟고 지나갔다
부풀어 오르지도 못하던 마음이란

하지만 마지막 계절의 마지막까지
품속에 서리던 습기는 사라지지 않아서

냉정한 토지 아래 여러 갈래
숨죽이고 있던 눈물의 길이
마침내 표토를 밀어내며 솟아오른다

미련한 떠받듦은 계속된다
날카롭지도 못한 수분의 결정체들

다시 밟혀 두 발이 푹푹 꺼지면서
얼어버린 눈물이 부서져 내리면서
서릿발은 뿌득거리는 소리를 낸다

1월

1월이 신호등 앞에 멈춰 섰다. 나는 여기를 건너는 순간 다시는 돌아올 수 없어. 지나온 골목의 겨울엔 11월과 12월의 포옹이 가득했다. 고양이 털처럼 떨어진 말들. 털어도 털어도 달라붙어 있던 흔적들. 계절은 걸으면서 생각했다. 어디서 멈춰야 하나. 언제까지 달력을 찢어야 하나. 겨울이 울면 안경에 서리가 끼어 모든 풍경이 뿌옜다. 1월은 그럴 때면 뜨겁게 깨끗했던 작년 여름이 떠올랐다. 4월의 비와 8월의 장마는 참을 수가 없이 1월의 어깨를 두드렸다. 나는 자라고 싶지 않아. 나는 가고 싶지 않아. 나는 건너고 싶지 않아. 하지 못한 말을 삼킨 1월은 보름달처럼 부풀어 올랐다. 사람들은 1월이 커질수록 손을 잡고 소원을 빌었다. 아니야. 내게 소원을 빌지 마. 내게 필요한 건 침묵이야. 2월은 3월을 데리고 어디로 간 것일까. 신호등을 건너면 그 다음 신호등이 내일인 듯 기다리고 있었다. 1월은 멍하니 바뀌는 불빛을 바라봤다. 어느새 봄이 왔다.

집으로 돌아오다

난 다시 돌아와 라는 독백이 지워질 때 쯤
한 때 전부였던 이들이 날 비워낼 때 쯤
가끔씩 따끔거리던 상사병의 흉터 아물어
그 사실이 더 마음을 울적하고 아프게 할 때
끝나지 않은 이야기 영화처럼 다시 시작해

길을 잃은 별이 아냐 난 별을 잃은 길이었지
떨면서 말이야 떨어진 별들을 찾아
별자릴 손금으로 아로새길 캄캄한
밤하늘의 운명이라고 과거가 펜이면 만약
네가 느끼게 해준 감정들 다 소모됐을 때조차
난 지난 시간의 추억으로 시를 쓸 거야 함께
걸은 거리 대학로 혹은 거기 혜화동을 지키는
이 은유는 영원히 그 시간 부를 주문이 될 거라고

변한 곳, 계절 따라 변한 옷 갈아입듯 또 이별하고

꺾이더라도 언제라도 부를 수가 있는 멜로디와
별처럼 매일 밤 제자릴 빛내며 찾을
등대가 꼭 되리라고 결심했고
이 땅에 황혼 깃들 때 집으로 돌아와

방황하는 길의 끝 마침내 닿은 현관은
차디찬 고독의 벼랑 끝에서 날 잡아주는 나무
자유롭게 풀어줘 이 느낌이 미치도록 그리워서
나 돌아왔네 매일 그려봤네
소실점 너머에서 돌아올 때

고마운 친구, 평생 시를 쓰라 내게 말해준 사람은
오직
너뿐이었지 괴로운 내일 긍지의 날로 바꿔준 시인과
음악가와 철학자들 없었다면 지금의 노래는 없으니
기억해야겠지 잠든 사람들과 여전한 변방의 외침

거짓을 살고 싶지 않아 그래서 불을 모두 껐어
집을 나온 열일곱 살 조명은 환각이란 걸 알아
어둠 속에서 두 손을 꼭 잡아준 사람들
전부가 누구건 내 가족이라 부를 수 있다고

절대 꿈 포기마라 라는 말 책이 아닌
오래전 엄마의 편지에서 읽고 난
미로 같은 세상에서 벗어날 이카루스의 날개를 달아
베개 대신 꿈을 베고 잤던
배고파도 밥 대신 꽃을 사던 그 오기로
쓴 이 악보 같은 시를 안고 집으로

변하고 벽지의 색은 바래도 여전히 한 곳
여기만은 모든 세파를 막아주는
방패이면서 영원할 안식처
그리워어 네 품이 너무 난 기다렸어

수백 밤이 어둑해질 때마다

제자리로 돌아오고 마는 귀환의 별처럼 꿈을 꿨어

방황하는 길의 끝 마침내 닿은 현관은

차디찬 고독의 벼랑 끝에서 날 잡아주는 나무

자유롭게 풀어줘 이 느낌이 미치도록 그리워서

나 돌아왔네 매일 그려봤네

소실점 너머에서 돌아올 때

정말 방황했던 길의 끝 마침내 닿은 현관은

차디찬 고독의 벼랑 끝에서 날 잡아주는 나무

자유롭게 풀어줘 이 느낌이 미치도록 그리워서

나 돌아왔네 매일 그려봤네

소실점 너머에서 돌아올 이때를

오케스트라

뚝 뚝 뚝 떨어지는
수도꼭지 물방울의 정확한 타악음

쓱 쓱 넘어가는
책장의 느린 박자

윙 위잉 위이잉
드라이기 혹은 청소기의 기교

구우우우우
이건 냉장고의 시린 저음

사아 사아아 사아
옷을 갈아입을 때의 야릇한 현악음

타박 타박 타박
합주자가 도착하고

혜화동6

연습이 끝난 밤이었어 우리는 곰돌이네에서 노래를 신청하고 오백씨씨 맥주를 마시며 노래를 따라 불렀지 부엉이네에서는 영화를 찍고 나서 꽃을 품고 가서 떡볶이를 먹었고 오이의 구십구 퍼센트는 물이고 나머지 일 퍼센트는 초심이라고 취해서 떠들던 초심은 어디 갔는지 모르겠지만 블루문은 오늘도 밤하늘을 비추고 있고 배우들과 가수들이 골목마다 몸을 흔들고 있어 정치 전단물은 죄다 뜯어버리고 말이야 사랑 말고 다른 일은 할 줄 모르는 백수들과 사랑 빼고는 모든 일을 할 수 있는 전문가들이 여기로 모인다 다른 길이 없으니까 우리 여기서 만난 거야 공연 아니면 연습이니까 다른 날은 없으니까 혜화문 아래 담쟁이는 손을 뻗고 있는데 과연 우리가 이 로터리를 빠져나갈 수 있을까 정해지지 않은 공연을 위해 연습하는 삶이야 무대 위에는 술잔과 나무와 시와 촛불이 놓여 있는데 아직 타고 있는

조나단 라슨*을 위하여

엘리베이터 없는 5층 방
토스트를 먹을 땐 샤워기의 물이 튀고
난방은 되지 않는 대신 낡은 카시오 피아노가 있었지

거리의 폐품이란 폐품은 전부 주워 고쳐 썼고
십년 동안 다이너 식당에서
금토일은 웨이터로 일하며 돈을 벌고
월화수목은 하루 종일 방에서 곡을 썼지
그래도 행복하다고 말하고 다녔대

그 와중에 칠 년간 공들여 쓴 작품이 탄생했는데
모든 제작자들은 그걸 완전히 외면했지
그는 울지 않았고 여전히 피아노를 치면서
도로를 돌아다니고 사람들을 보았어
그리고 누구를 위해서든 노래했어

그는 미친놈처럼 매일 새로운 곡을 작곡했는데
도대체 왜 그러냐는 주위의 물음에 간결하게 대답했지
슈베르트도 그랬다고

게이, 레즈비언, 유색인종들이 여전히 차별받았고
에이즈가 많은 사람들을 지웠던 시간
그런 세상에 천사가 내려왔지
조나단의 악보를 날개 삼아서 말이야

엔젤은 검은 피부에 생물학적으론 남자지만
치마를 입고 하이힐을 신고 남자와 사귀는
그야말로 세상에서 가장 섹시한 천사였어

그녀는 난타 공연을 하면서 춤을 추며 노래했지
가난한 우리가 살 수 있는 건 없을지라도
천 번의 따뜻한 키스면 사랑을 빌릴 순 있다고

정부는 집세가 밀린 거주자들을 거리로 쫓아냈지만
조나단은 누구도 쫓아낼 수 없는 정열로 노래를 썼어
삶을 빌렸던 그가 마침내 그 삶을 천사에게 돌려줄 때까지

정말 순간을 살았던 거야
Viva La Vie Boheme!

525,600분의 시간을 어떻게 측정할 수 있을까
우리가 세상으로부터 빌려온 날들을 말이야
비록 이 무대는 막을 내릴지라도
당신의 노래로 사랑한 계절들을 기억할게

오직 오늘만을 외치면서

* 조나단 라슨. 극작가 겸 작곡가. 오랜 고된 생활 속에서도 열정과 우정, 낙관을 버리지 않았던 사람. 젊은 시절을 전부 바쳐 푸치니의 오페라 〈라보엠〉을 현대판 뮤지컬 〈렌트〉로 재탄생 시킨다. 〈렌트〉에는 당시 사회에서 소외받던 동성애자, 에이즈 환자, 부랑자, 집시, 가난한 예술가 등이 주인공으로 등장한다. 조나단 라슨은 안타깝게도 〈렌트〉가 오프 브로드웨이 첫 공연을 앞둔 바로 전날 36세의 나이로 사망한다. 그의 부모는 공연을 취소할 수 없다는 의지를 전달하고 〈렌트〉의 배우들과 스텝들은 공연을 완성한다. 이후 〈렌트〉는 토니상, 퓰리쳐상 등을 받으며 90년대 최고의 뮤지컬 히트작으로 남는다. 위의 헌시는 〈렌트〉의 넘버들을 일부 오마주하였다.

비블리오 클래식 까페

어떤 음악은 음악을 찾는 이에게만 그 순간을 경험하게 한다.

이방의 초록색 선 지하철을 타고 번화한 도시의 중심부를 지나 북쪽으로 향했다. 모든 도시의 외곽은 그 중심보다 다소 느린 템포의 분위기가 흐른다. 남쪽 나라의 오후는 이미 봄의 하품을 하고 있었고 아이들은 가방을 메고 하굣길을 뛰어다녔다. 아담한 주택들이 옹기종기 모인 골목을 지나니 작은 육교가 나타났다. 우리는 육교 계단 아래 그늘에 놓인 비블리오 클래식 까페의 초록 입간판을 발견했다. 육교 계단 바로 옆에는 폭이 매우 좁은 6층짜리 건물이 서 있었다. 한 명씩만 오를 수 있는 협소한 층계를 올라 우리는 마침내 3층의 비블리오 클래식 까페로 들어갔다.

짙은 청록색의 현관문을 열고 들어간 그곳은 아마

세상에서 가장 좁은 까페일 것이다. 먼저 입구 바로 오른쪽에 백발의 작은 마스터가 간신히 서 있는 프런트가 있었다. 입구 왼쪽으로는 마스터가 직접 세팅한 수제 빈티지 오디오와 진공 앰프와 턴테이블이 하나의 찬장에 위에서부터 아래로 차례대로 들어가 있었다. 그리고 그 옆에는 창문 아래에 두 개의 큰 나팔 스피커가 그랜드 피아노를 사이에 두고 한 쪽 벽을 모조리 차지했다. 나머지 벽은 전부 클래식 LP가 가득 찬 책장들이 둘러싸고 있었고 책장 아래로 3개의 아주 작은 테이블과 의자들이 조용히 자리했다. 테이블마다 주먹만 한 크기의 꽃병이 있었는데 그 꽃병이 테이블의 거의 사분의 일을 덮고 있었다.

까페에는 한 명의 노인만이 눈을 감은 채 입을 달싹여 음을 쫓아가며 음악을 듣고 있었다. 라흐마니노프의 첼로 소나타였다. 두 개의 나팔과 수제 오디오에서 쏟아지는 음악이 작은 공간을 완벽히 채우고 있었다. 우리는 그 가득한 울림의 재현에 잠시 움찔했다가 비좁은 까페의 구석으로 우물쭈물 가 앉았다. 마스터는 다가와 무엇을 마실 것인지 물었다. 그는 아직 여름이 오지 않았기 때문에 따뜻한 음료밖에 없다고 했다. 차는 다르질링과 얼 그레이 두 종류뿐이며 커피는 본인이 직접 내린다고 했다. 얼 그레이와 커피를 주문하자 마스터는 본인의 모국어가 아닌 영어로 물어왔다. 클래식을 좋아하냐고.

쇼팽과 푸치니 사이에서 짧은 고민 후 나는 〈라 보엠〉을 부탁했다. 음악을 진정 경험할 때 우리는 모두 보헤미안이다. 게다가 아직 야상곡을 듣기에는 이른 시간이었다. 마스터는 프런트 근처 책장에서 LP를 한 장 꺼냈다. 판을 턴테이블에 올리자 〈내 이름은 미미〉가 흘러나왔다. 로돌포와 미미의 첫 만남이다. 까페에는 약 12000장의 클래식 레코드가 있었다. 헌데 마스터는 어디에 어떤 판이 있는지, 그 판에 무슨 곡이 수록되어 있는지, 연주자와 싱어는 누구인지 등을 모두 정확하게 꿰뚫고 있었다. 게다가 그는 각 음반을 틀 때 마다 그에 맞게 진공앰프를 미세하게 조절하는 섬세함을 발휘했다.

파스칼 키냐르는 음악이 인간의 육신을 음악 자신에게로 유인한다고 했다. 음악의 관능은 언어가 없는 곳으로 인간을 데려간다. 우리는 뒤돌아볼 수밖에 없는 오르페우스처럼 음악이 흘러나오는 곳을 돌아보고, 에우리디케처럼 그곳으로 끌려들어간다. 우리는 바흐의 무반주 첼로와 토스카의 〈별은 빛나건만〉 두 곡을 연달아 들었다. 어느새 창문으로 저녁 어스름이 내려왔다. 이방의 구석에서 나는 말없이 무엇인가를 좇고 있었고 나는 그걸 음악이 아닌 방식으로는 전할 수 없다. 백발의 마스터는 어떤 조언도 내게 해줄 수 없었다. 우리는 서로 다른 모국어로 얘기했으므로. 그는 한 음악이 끝나면 침묵 사이로 간단히 넥스트 뮤직 이라고 의문문이 아닌 억양으로 말을 건넬 뿐이었다.

입춘

내겐 이 계절에만 흐르는 선율이 있어요

교복 입은 아이들의 재잘거림
둑으로 불어오는 상록수의 끈기
호수를 간지럽 태우는 실바람
마을버스 멈췄다 출발하는 엔진음
돌계단을 오르내리는 발소리들

언제부터 흐르기 시작했을까요
누구나 협주를 할 수 있고
또 누구나 독주를 하고 있는

벚꽃의 그림자
암자에 퍼지는 향 내
이 계절이 돌아올 때까지 해독하지 못할
당신이 가시기 전 지은 미소

차분히 마른 속옷들을 개는 손

아찔하게 햇볕이 조금 들어오고
언덕의 골목에서는 내가 헤매고 있군요

희번한 지금 이 세계의 자취들

모두가 연주하고 모두가 청중이 되어
듣고 있어요

하나의 노래를 기억해

처음 이곳에 발 딛고 작게 부른 한 마디를 들어준 당신에게로

향하는 길은 그 모습을 드러냈지 하나 둘 박자를 셋을 때

직접 드럼 위로 가져온 어렸던 가사들은 빛을 밝혔고

곧 등대가 되어 무대 위로 꿈 많았던 친구들을 모아

붓 대신 혀를 굴려 영화의 한 장면을 거칠게 그렸고

그 속의 모든 사람과 풍경 하나하나가

지금 흐르는 음악을 이뤄 이 연주는 비록

몇 분 뒤엔 끝나겠지만 기록으로 남긴

악보와 사진 파도 소리와 봄밤의 불빛

마치 별자리처럼 떨어진 음표들을 기어코 이어줘

그러니 지칠 땐 새벽이 지나 다음날 아침

영원할 것처럼 들었던 멜로디를 떠올려봐

하늘과 시간과 옷차림은 다르더라도 기억한

그 치기 어린 음표들의 행진이 힘이 될 테니

노래는 여기서 끝나지 않아 아직 막 내리지마

다시 볼륨을 더 크게 목소리를 더 크게

끝이 있더라도 이 한 마디가 진행되는 동안은 아니야

어느 악보에 쓰이더라도 알아볼게 너의 변주와 주제를

다른 화음들이 겹쳐져 또 하나의 화음

탄생시키고 춤을 췄던 그 무대를 잊지 않아

아득하게 보이는 삶의 다음 마디로 손을

봄에서부터 여름 가을을 타고 겨울

어떤 순간에는 울지언정 떠올려 부를 수 있는 노래

조명 없이 건넬 수 있는 청춘이라는 곡에

표시해 놓았던 한 마디 한 마디 그 노래를 기억해

안단테 아름답게, 걸음걸이의 속도로

생의 끄트머리에 앉아
바라볼 노을을 한 줌 남겨두고
나머지는 모두 음악으로 당신에게

이번 생은 내내
은둔하고 있는 삶을 찾아 헤매는 중이야
섬으로 산으로 때론 서점으로

한없이 걷다가 청춘의 골목에 위치한
작고 아늑한 까페에서 우린 만난 적 있지
어디에서 오셨나요 묻는 당신의 입술을 기억해
나는 당신은 어디로 가시나요 라고 대답했지

난파선을 타고 오는 길이에요
눈이 오는 곳으로 가야 해요
이렇게 말할 수도 있었지만

지금도 흥얼거리고 있는 노래가 흐르고 있었고
우리 사이로 펄펄 내리던 분위기를 기억해
하지만 우리의 무거운 가방들은
주인을 오래 기다리지 못하고 재촉했어

우린 점을 치듯 손을 잡고 눈을 바라보았지

당신을 찾을 수 있을까요
서로 편지를 쓰도록 해요
이렇게 말할 수도 있었지만

순간으로 우려낸 차를 마신 뒤 우리는
각자의 가방을 메고 길을 나섰어

말 없는 음악을 타고 떠나온 그 길이
내 생에 가장 소박한 악보로 남아 있네

나는 여전히 삶을 찾지 못했고
어쩌면 상실된 것을 찾으려 헤매면서
원래부터 내가 잃어버린 건 없었거나
헤매다가 더 많은 걸 상실했는지도 몰라

하지만 내겐 사랑할 때마다 들려오는 멜로디 있으니
걷다가 만난 쉬기 좋은 그늘에서면
이렇게 연주를 하고 있지

생의 끄트머리에 앉아
바라볼 노을을 한 줌 남겨두고
나머지는 모두 음악으로 당신에게

환상, 세계

고요 그다운, 고요 그 多音, 고요 그 다음,

들린다

에필로그

무대를 내려가는 일은 무대를 올라가는 일보다 어렵다. 이렇게 한 문장 쓰고 나면 그 다음 문장을 쓰는 일이 막막할 뿐이다. 다 카포. 조명은 빛이 버린 사생아다. 조명을 켜고 있으면 모두가 땀을 흘리게 된다. 땀에 젖어 악기를 철수하는 손들. 연주하는 손과 다를 바 없다. 다 카포. 쉼표가 찍힌 편지를 받은 적이 있다. 그것도 하나의 다 카포다. 역방향 좌석을 많이도 탔다. 이제 그 시절에서 돌아오는 한 토막 연주를 끝마친 것이다. 다 카포. 처음 가사를 쓸 때 마디를 제대로 세지 못해 애를 먹었다. 매일 자라는 대나무처럼 루프는 이어졌다. 노래는 지독했다. 이제 화음을 넣을 줄도 안다. 하지만 세상은 내게 영원한 불협화음이다. 이야기는 어디까지 흐르고 무대는 언제까지 악사를 기다릴까.

이도형

세상에는 시가 되는 사람과 시를 쓰는 사람이 있다.
음악도 마찬가지다.

시인 이도형은 1992년 태어났다.

시집 『오래된 사랑의 실체』를 내고 동명의 영화를 공동으로 감독했다.
『이야기와 가까운』, 『사람은 사람을 안아줄 수 있다』등을 썼다.

해피엔딩 강박증이 있다.

@siul_andlees

처음부터 끝까지

2020년 5월 11일 1판 1쇄 발행

지 은 이 이도형
발 행 인 이상영
편 집 장 서상민
디 자 인 서상민, 이미원
마 케 팅 손주우
펴 낸 곳 디자인이음
등 록 일 2009년 2월 4일:제300-2009-10호
주　　소 서울시 종로구 자하문로 24길 24
전　　화 02-723-2556
메　　일 designeum11@gmail.com
blog.naver.com/designeum
instagram.com/design_eum

*잘못된 책은 바꾸어드립니다.